LA GUARIDA

y otros cuentos

LA GUARIDA
y otros cuentos

María Elena Hernández

agosto de 2011

Primera edición

Queda prohibida la reproducción total o parcial de esta obra incluido el diseño tipográfico y de portada sea cual fuere el medio, electrónico o mecánico, sin el consentimiento por escrito del editor.

©ARCHITECTHUM PLUS S.C.
Díaz de León 122-2
Aguascalientes, Aguascalientes
México, CP 20000
libros@architecthum.edu.mx

Imagen de portada: sección de *retrato de Márie.* Óleo sobre madera, R. Maldonado.

A él, quien caminó conmigo en estos cuentos.

MEH

La Guarida

Hay en la casa de mis abuelos una habitación, con una enorme ventana que mira hacia el sur a una barranca espectacular. Sólo hay libros en enormes estanterías de madera, tiene como pavimento una añeja e impecable duela de encino y un viejo tapete persa desteñido y marcado por pesados objetos de otros tiempos. Todo en ella huele a cariño y también a nostalgia.

Había sido por años el estudio de mi abuelo, a quien no alcancé a conocer; y nunca más la abuela quiso ocuparlo en otro uso, regaló los muebles, más no los libros, y sólo de vez en cuando, la servidumbre da una ligera limpieza. El lugar tiene la particularidad de que se atranca por dentro, lo cual es muy conveniente para huir de la actividad del resto de la casa. Además, es deliciosamente soleado buena parte del año, sobre todo en la época de invierno.

En mi infancia y juventud, todos los sábados y domingos en que había comida en casa de la abuela, los hermanos y primos realizábamos allí infinidad de juegos, pláticas o lecturas. De todo pasaba afuera de la ventana y de todo también sucedía adentro. Una de las mayores ventajas era que podíamos estar ahí sin la constante mirada supervisora de los adultos; ellos andaban por allá del otro lado del jardín, en la sala o en el comedor, discutiendo sobre todo lo que sucede en el mundo, comiendo, fumando y bebiendo. Ellos oían nuestro bullicio pero muy raras veces se asomaban a ésta, nuestra maravillosa guarida de primos, en la cual se desdoblaban para nosotros mil mágicos lugares.

La cuadrícula que el sol y la ventanería tendían sobre la aún perfecta duela, nos definía incontables canchas mutantes y efímeras que apresuraban los partidos y competencias entre nosotros: canicas, arrastrar la moneda con la nariz o con la frente, matatenas territoriales, las famosas carreras de nalgas, de hombros o de garnuchos de migajón. Muchas tardes pasamos contándonos chismes o cuentos de risa, de terror o de los muertos en la familia. Planeábamos toda clase de travesuras juegos y complicidades, o simplemente estábamos todos en silencio leyendo alguno de los libros del abuelo. Por supuesto, nunca faltaron las cartas, el ajedrez y los dados; y claro, las apuestas nos endeudaban a todos de por vida.

Uno de mis primos frecuentemente traía su colección de historietas de Supermán, Channoc o Tarzán, pero el abusivo las rentaba. Mi hermano mayor preparaba tamarindos con sal, limón y chile muy picante, que por supuesto encontraban sus primeros clientes en nuestras ansiosas bocas. Otros primos prestaban sus canicas a cambio de algo. La razón de este espíritu comercial se debía a la influencia que ejercían nuestros padres y tíos, quienes hablaban todo el tiempo de negocios. Por ello, también ensayábamos los nuestros. Nuestro endeudamiento era tal que se debía de hacer algo. Entonces, en la comida de Navidad, y antes de los regalos, venía el perdón entre todos y las "deudas de juego" quedaban borradas.

Los diecinueve primos (diez mujeres y nueve hombres) fuimos creciendo, y como entre nosotros había poca diferencia de edades, verdader amente éramos una pandilla formidable que compartía su propio despertar. También, con el tiempo pudimos encontrar en este maravilloso paraíso, que era la casa de la abuela, un espacio para los primeros descubrimientos de nuestra sensualidad.

Y en estas nostalgias y ensoñaciones estaba yo cuando me distrajo una gota de sudor que viajaba desde mi axila a través de mi seno para detenerse temblorosa en mi pezón. Una segunda compañera la alcanzó, y las dos en una, columpiándose, al fin cayeron sobre la duela.

Entonces, me percibí deliciosamente de cara al sol, como muchas otras veces lo había yo hecho en aquel lugar. Y es que un buen día, a una de las primas grandes se le ocurrió que el uso de la habitación debía rifarse entre los primos: un rato para los hombres, otro para las mujeres y uno más para todos. Desde luego, unánimemente estuvimos de acuerdo.

En lo que tocaba a nosotras, ella propuso que fundáramos una exclusiva playa nudista. Hicimos un pacto secreto en donde ahora el juego consistía en quitarnos la ropa para disfrutar de la delicia del sol en nuestra piel. Éramos todas jóvenes, bellas, sensuales, coquetas, muy curiosas, primas de diversas edades, donde ninguna le preguntó a sus mamás, tías o abuelas el porqué les cambiaba el cuerpo. Lo que sí, es que teníamos poca malicia ya que nunca, hasta hace muy poco, descubrimos el pequeño espejo que los primos colgaban desde la azotea para espiarnos por turnos. ¡Pillos!... ellos también hicieron sus pactos. Y mejor ni indagar nada, ya que varios de nosotros estamos casados y algunos con hijos en las edades de aquellas complicidades.

Estoy casi segura de que mi abuela algún día nos cachó en la travesura, porque pícaramente sonreía cuando le decíamos, después de comer, que nos íbamos a leer y a contar historias a la "guarida de primos." "¿Quieres venir con nosotros abue?", le decíamos. "No, chiquitas, tengo que ver que guarden muy bien la vajilla. Al rato nos vemos por aquí, les hice un pastelito para la tarde", respondía.

Así las cosas en esta habitación en la que la madera del piso, la huella del sol en ella y cada cristal de la ventana, guardan a detalle secretos e historias de nuestra infancia y juventud. Lo que todavía no comprendo es por qué esta habitación permanece tan privada e intacta, como suspendida en el tiempo. Y como cada vez que visito la casa sigo deseando tenderme en el piso, de frente a la barranca, para contemplar y disfrutar cómo el sol y las cuadrículas recorren lentamente mi ropa y mi piel.

Algo conocido

¿Por qué huelen tan feo las uñas de mis manos? Si me acabo de bañar hace menos de una hora y también lavé mis manos al entrar a la oficina. No es a papel reciclado este olor, ni al horrible gel antibacterial que ponen en el pasillo.

¿Qué es lo que transpiran o de qué se están impregnando mis uñas? Cada vez más... ¿Olerán igual las de mis pies? ¿Cómo lo averiguo en medio de todas estas personas? Necesito ir a algún lado para corroborarlo. Espero hacerlo. Solía ser muy flexible para hacer malabares y cortarme las uñas de los pies con los dientes; aunque hace mucho tiempo que no lo hago.

Me levanto de mi lugar de trabajo y con cierto nerviosismo digo a mis compañeros:

—En un momento regreso; por favor, si suena mi extensión de teléfono, no la contesten, que entre la grabadora.

Llego al baño. Entro en el de discapacitados; es más amplio para lo que necesito. Cierro la puerta, me siento en el piso. Está helado. Me quito el zapato izquierdo y el calcetín; acerco con cierta repugnancia mi pie a la cara. Huele mal, a zapatos usados. ¡También a ese mismo extraño olor que emiten las uñas de mis manos! Conforme pasan los interminables segundos intento asociar el olor a algo conocido.

¡Pero si ya lo sé! ¡La muerte me está entrando desde las uñas! Del susto se me sube toda la sangre a la cabeza y comienzo a jadear. Yo, que leo estas palabras, ¡me estoy muriendo! Es el mismo olor que percibí en la mejilla de mi madre en el hospital unas cuantas horas antes de que la declararan muerta. Aquel día, me había acercado a darle un beso y llamó mucho mi atención un peculiar olor ¡el mismo que tengo ahora en mis uñas! A eso olía ella: a la misma muerte. Los médicos presentes nos explicaban pausadamente en sus términos técnicos que el color amarillento en esa parte de la cara era porque no estaba irrigando bien la sangre ahí... Sin ponerles realmente atención, intuía con certeza que ese color, y su correspondiente olor, eran la muerte que ya le estaba entrando desde allí... ¿o la vida?

Y ahora, me encuentro ineludiblemente aquí, en la mismísima circunstancia. Y todo mi cuerpo comienza también a oler igual.

¡Estoy aterrorizada!... pero a la vez..., cosa extraña, me comienza a invadir una luz y una gran paz que crece de adentro hacia afuera y ya no tengo frío. Siento una grata presencia. ¡Eres tú! Señor, mi amadísimo Padre. Estás en mí, desde siempre... Te doy gracias por la conciencia que me permites de este momento y, sobre todo, por la maravillosa bienvenida para nacer de nuevo a Ti y a mi amorosa Madre.

De adentro hacia afuera, lentamente me llevas; a cada segundo que pasa me envuelves en este delicioso sueño de confianza ya no puedo escribir más...

Todavía alcancé a escuchar cuando mis compañeros de trabajo me encontraron en el piso del baño, extrañados se preguntaban por qué me había quitado un calcetín y el zapato.

Anabel

–¡Nadie más que yo es responsable de lo que entra a mi estómago! ¡Y aunque me digas que voy directo a la tumba, por nada me vas a hacer cambiar! Déjame también decirte que me rehúso totalmente a tu nueva idea de acompañarte a un mercado o a las panaderías para despertar mi antojo por algo.

Ante la impotencia que sentía Efrén con respecto a la anorexia de su amiga, pero movido por su gran amor a ella, le dijo nuevamente con paciencia y cariño:

–Mujer, no seas necia; ya me has dicho mil veces que sólo necesitas comer leche y lechugas, y eso no tiene sentido alguno: ¡estás en los huesos! Además, ¿no te mueres del aburrimiento de comer lo mismo y lo mismo todos los días? ¡Pero, ya basta! ¡Todavía es temprano, en este momento te levantas de la cama, te arreglas como lo sabes hacer tan bien, y nos vamos a la Central de Abastos! Tengo que conseguir materia prima para nuestra pastelería.

El joven pidió explícitamente a su novia que no se pusiera nada llamativo (con esto de los asaltos en la ciudad), y mucho menos una de sus micro faldas que apenas si le cubrían el trasero. Para él, era cierto el mito de que los hombres andan siempre con la vista suelta. Anabel debía vestirse de incógnita porque, además, Efrén no quería problemas si alguien la reconocía; ella trabajaba para una famosa boutique de ropa interior.

La joven no discutió más, aunque fue cuidadosa en escoger los jeans más ajustados que tenía, y una playerita que le dibujaba divinamente los senos; a Anabel le fascinaba todo lo erótico; de hecho, y como se verificaba esto en los enormes anuncios publicitarios repartidos por la ciudad, ella no ponía censura alguna en su trabajo.

La pareja se alistó y abordó un taxi de sitio.

Después de poco más de una hora de trayecto, arribaron al enorme y colosal mercado capitalino. Anabel poco a poco fue redescubriendo el inacabable paraíso mexicano de sabores, aromas y colores. Quedó tan fascinada con todos los sabores que comenzó a darle rienda suelta a su reprimida glotonería.

A partir de aquel día, ella asumió el compromiso de apoyar a su novio en la compra de materia prima para la pastelería y abastecer sus mil antojos prohibidos para la clase de trabajo que ella hacía. Efrén estaba atónito por la nueva necedad y rapidez con la que su novia engordaba; entonces decidió abandonarla. No se volvieron a hablar hasta que un día, ella le llamó desesperada:

—¡Ven, que me muero!

La encontró tirada en el piso retorciéndose de dolor. Llamó a una ambulancia; en el hospital le dijeron que era inevitable la cirugía de urgencia para extraerle los implantes de sus senos y nalgas; la presión de grasa estaba provocándole la muerte.

Anabel se salvó en esta ocasión de la muerte, pero su cuerpo quedó tan deformado que no permitió que Efrén regresara a su vida o que nadie la viese más. Es cierto, ella volvió a nacer, aunque ahora para ser asesora en una clínica de anorexia y bulimia.

Cambio de casa

Después de muchos meses de buscar, por fin habíamos encontrado una casa que se adaptaba a nuestras necesidades familiares. Era amplia, bien orientada y estaba en un barrio agradable.

El tan esperado día en que llegamos a habitarla acomodamos más o menos las cosas esenciales para los primeros días y, como a las seis de la tarde, ya exhaustos por el trabajo de mudanza, caímos desparramados en los sillones de la salita familiar.

En eso estábamos, ya muy relajados cuando de pronto un ruido llamó mi atención; venía del cuarto de visitas ubicado en la planta superior. Los demás no se percataron. Subí las escaleras, entré al espacio y vi muy claramente cómo la puerta al baño se entreabría moviéndose ligeramente como por un chiflón.

Empujé con una mano para cerrarla pero estaba atorada con algo. Por supuesto me extrañó el asunto ya que la casa era nueva. Empujé entonces con las dos manos. Nada. Metí el hombro y la cadera, la puerta no cedió. Supuse que era una bisagra atrofiada, o tal vez una duela en el piso hinchada por la humedad. Volví a intentar. Nada.

Me di por vencida y regresé a la salita con mi familia.

Estábamos decidiendo qué ordenar por teléfono para merendar cuando, de pronto, un fuerte estruendo, como si hubiese caído un rayo en la casa, nos levantó de los asientos. Las veintiocho puertas de la casa se abrieron y se cerraron muy violentamente. Nuestros tres hijos comenzaron a gritar. Mi esposo y yo con fuerza nos abrazamos aterrorizados y entonces dijo:

–Hay "algo oculto" en esta casa, que no quiere que estemos,… y ahora... ¡también está temblando! ¡Vámonos de aquí, ya!

Salimos por la puerta principal, bajamos los tres escalones que daban a la calle y no miramos atrás. Emprendimos la huída hacia la izquierda; dos cuadras más adelante, el barrio terminaba y la calle se encontraba con una avenida muy importante. Teníamos que cruzarla.

Corrimos hacia allá, tomados de la mano, pero sólo con dos de nuestros hijos; lo peor es que no me percaté de esto hasta que llegamos a la esquina de la calle. En este punto vimos a un tumulto de personas de todas edades, corriendo despavoridos en dirección contraria a nosotros. Estaban como poseídos. Desesperada intenté volver a la casa por Susy, pero me fue imposible, la horda ya nos atropellaba a todos. Vimos también cómo los rostros de toda esa gente tenían unas horripilantes expresiones, era aterrador. Mis dos hijos gritaban conmigo. Mi esposo nos jaló bruscamente para zafarnos de esa fuerza que parecía devorarlo todo; luchamos para seguir, sin mirar hacia atrás.

No sé cuánto tiempo transcurrió pero logramos pasar ese río de seres para llegar al fin al otro lado de la avenida. Unos minutos después, sintiéndonos ya a salvo, nos detuvimos recobrando el aliento, volteamos y nos quedamos atónitos. En lo que era el barrio de aquella nuestra nueva casa todo se destruía y se desaparecía como succionado hacia una depresión sin fondo aparente.

Todo esto ocurrió en un instante; esa depresión, con el paso del tiempo, formó un pequeño valle que hoy se conoce como el Parque Hundido de la Ciudad de México.

El tío Loupp

Serían más o menos las ocho de la noche, cuando la energía eléctrica se cortó por la tormenta. La breve iluminación provenía de unos cochambrosos quinqués. El ambiente y el mobiliario hacían sentir como si uno hubiese viajado en el tiempo a los comienzos del siglo veinte. El lugar era la casa y el consultorio del médico cirujano Federico Loupp.

Su ayudante, Amalia, mujer regordeta de unos cincuenta años, usaba un atuendo muy peculiar y, como cofia, un gorro blanco de esos que escurren encajes sobre la cara. Seguramente ella llevaba muchos años trabajando con el doctor ya que con sólo mirarse se entendían.

Casualmente me había enterado del teléfono y dirección del doctor Loupp, tío mío, a quien tuve especial cariño en mi infancia. Por las diferencias entre familiares nos habíamos distanciado por casi treinta años de él, sólo recuerdo vagamente cuando mi padre le dijo:

– ¡Nunca más te vuelvas a acercar a esta casa! ¡No te conocemos ni queremos saber nada de ti!

Yo quería conocer la historia completa, así que le llamé para decirle que deseaba mucho ir a visitarle. Me dijo que me esperaba con gusto; de preferencia en la tarde; ambos tendríamos mucho de qué platicar. Así, un día salí más temprano de mi trabajo y llegué sin previo aviso a su casa-consultorio. Fui muy bien recibida por Amalia, quien me pidió que esperase en la pequeña sala; no había más pacientes por atender y la jornada del día ya estaba por terminar.

Mientras yo esperaba, observé detalladamente todo , intentando encontrar vestigios de tiempos y vivencias familiares pasados. Reconocí algunos retratos amarillentos, un perfecto bordado de chaquira de la abuela, el título de médico de mi tío, una vieja mesa revistera ya muy maltratada por los pacientes y cuatro sillas recién retapizadas con vinil.

Estaba absorta en esto cuando, de repente, salido de no sé dónde, apareció un individuo alto y corpulento. ¡Me sobresalté muchísimo! El aliento se me fue y no pude gritar por auxilio: el hombre ya había colocado en mi cuello con su mano izquierda una navaja de doble filo, haciéndome además una señal de guardar silencio.

En los siguientes segundos, su brazo derecho me volteó bruscamente y, como una enorme boa estranguladora, me inmovilizó; sentí también en mi espalda su pene erecto, duro como una roca.

Con sonidos que salían de su estómago, y con un aliento asqueroso, escupió en mi oído horribles palabras:

—¡No te muevas, hija de tu chingada madre, ni tantito!… ssshhh…

Paralizada, lo único que yo podía percibir era su jadeo y los fuertes golpes que daba mi corazón contra el pecho.

No sé cuánto tiempo pasó, una eternidad para mí; después me contaría Amalia que ella se había dado cuenta del atraco desde el pasillo y llamó al doctor, quien, en un instante, logró que el individuo se aflojara y se escurriera sin sentido tras de mí. Ni un sonido más salió de él.

Abracé fuertemente a mi tío, ahogada en terror, y alcancé a ver en su mano derecha, oculta en su espalda, la jeringa que había insertado en mi agresor. A pesar de su corta estatura, me asombró su fuerza, su seguridad y su destreza, pero, ¡claro, si es cirujano!

Amalia y mi tío arrastraron al hombre y lo llevaron al consultorio, iluminado también por quinqués y velas. Con trabajo lo subieron a la mesa de exploración y me pidieron que cerrara la puerta que daba hacia la sala de espera. Acto seguido, mi tío me pidió que le acompañara; salimos a cerrar el enorme zaguán de dos hojas macizas de fierro y a soltar a sus cuatro perros *dobberman*.

Babeando, los animales se me acercaron cautelosamente, y aunque era una extraña para ellos, no gruñeron o me agredieron, y de hecho, uno de ellos, como fiel cachorro se acurrucó tranquilo a mis pies mientras yo ayudaba a poner una tranca a la puerta.

–Te presento a *killer*, *rolf*, *asasin* y a *lobo*, son los más fieles guardianes, con ellos nadie se acerca a mi casa; no te preocupes, sobrina linda, tú ya estás conmigo, no te van a molestar.

Regresamos al consultorio, Amalia había atado fuertemente al individuo y lo desvestía cortándole la ropa. El hombre que me atacó comenzaba a volver en sí; tendría tal vez unos cuarenta años y un horrible aspecto de vagabundo: barbón, sucio, desgreñado, maloliente.

Con su habitual sereno tono de voz, mi tío rompió el silencio; esta vez sus palabras sonaban como afilados témpanos de hielo, y en su rostro, la expresión apacible de quien ha conocido los más extraños casos médicos.

–Voy a comenzar por desollar la piel de tu cara… después extirparé tus genitales, los voy a conservar… seguramente para entonces la vida ya se te habrá escapado… la muerte irá entrando poco a poco, la percibirás, y el dolor será insoportable. Después desprenderé la piel de tus brazos, luego de las piernas para seguidamente romper músculos de tu abdomen y sacar órganos internos… quebrar las articulaciones vendrá al final… Ahora voy a introducir estas gasas en tu boca para ahogar los gritos y así poder realizar la minuciosa tarea de hoy…por favor, en absoluto silencio, con calma y concentración, sin interrupciones.

El trabajo inició. La destreza en las manos de mi tío cuando comenzaba a cortar y levantar la piel de la cara del hombre era impresionante, y a la vez, macabra. El individuo forcejeaba inútilmente para liberarse de sus ataduras, pero muy pronto perdió de nuevo el conocimiento, no sé si por la enorme cantidad de sangre que se derramaba, por el dolor de los cortes realizados sin anestesia, o por el terror al escuchar las heladas palabras del médico.

Yo contemplaba estupefacta la escena, pegada a la pared y jadeando del horror.

Amalia recogía la sangre que se derramaba con unas jergas que luego exprimía en un vertedero cercano. Ocasionalmente mi tío rompía el silencio para explicarnos algunos detalles del escrupuloso procedimiento. A ratos también me pedía algunos instrumentos o que apoyara ciertas acciones para continuar el horripilante trabajo.

–Patricia, tráeme por favor seis palanganas de plástico blanco que están en uno de los dos closets debajo de la escalera, el de la izquierda; encima de mi escritorio están las llaves. Vamos a guardar muy ordenadamente las partes del cuerpo …muy ordenadamente… creo que seis serán suficientes; sellaremos con plástico cada una de ellas para que, mientras le damos destino al cuerpo desmembrado, los olores no impregnen mucho el consultorio.

Robotizada obedecí sus frías instrucciones; le acerqué las palanganas, una por una. Entre los tres comenzamos a acomodar ordenadamente brazos y piernas totalmente desollados, intestinos, cráneo y todo lo demás. La muerte le sobrevino al individuo cuando le eran extirpados sus genitales, esto fue lo primero que hizo el tío Loupp; me asombró que su pene había quedado erecto (y que por cierto era de bastante buen tamaño).

El médico prosiguió con maestría y habilidad su procedimiento quirúrgico, Amalia le seguía el paso con asombrosa predicción.

Mi querida y hermosa sobrina Patricita, te sorprendería saber cuántos individuos como éste rondan por las calles. Nunca he comprendido cómo es que ellos llegan hasta esta edad, la mayoría encuentran su final mucho más jóvenes, pero ya ves, después de todo, a los que se puede, les ayudamos a quedar en paz y acomodaditos.

Y continuaba su minuciosa labor silbando una melodía.

—Antes de este momento todo era caos para ellos, deambulaban por la vida sin sentido alguno, y además, haciendo daño a muchos; ahora, de algo le sirve a la ciencia. Amalia, páseme un poco más alambre por favor.

— ¿Por qué tío?... ¿por qué?...

¿Qué es lo que preguntaba yo? ¿Por qué el doctor Loupp destazaba a éste con tanta frialdad? ¿Qué habría en el pasado oscuro del tío antes de llegar a este país? ¿Por qué la familia le dio primero la bienvenida y luego jamás lo volvió a ver? Y, ¿por qué demonios estaba yo hoy, aquí, en este lugar?

Por respuesta: más preguntas, el Doctor Loupp continuaba silbando su siniestra melodía, como si nada especial sucediese.

El procedimiento duró eternas horas. Ya casi al final me pidió el tío que desalojara otro clóset que se encontraba también debajo de la escalera, ahí se guardarían temporalmente las partes del hombre.

Al abrir el clóset me percaté de que había varios objetos entre ellos un contenedor metálico de casi un metro por lado que se abría por la parte superior (después supe que era un triturador conectado al drenaje); encima de éste estaban los huesos de un esqueleto humano cuidadosamente ensartados con un alambre de cobre; por la curvatura en la parte superior de la columna vertebral me pareció que se trataba de una persona bastante anciana, ¿quién sería? ¿habrá sido una mujer?

Horrorizada, de un tirón saqué el collar de huesos el cual coloqué en una caja de cartón que estaba a la mano en el pasillo, la cerré y la llevé al consultorio. Regresé al pasillo y dispuse el clóset para acomodar las seis palanganas que contenían las nuevas piezas humanas.

Estaba yo absorta realizando esta tarea cuando tres campanadas en la puerta de la calle me volvieron a otra realidad. Miré hacia afuera entreabriendo una cortinita de encaje amarillento en la ventana al pie de la escalera, ¡era la policía! Apanicada corrí al consultorio y se lo comuniqué a mi tío. Los perros ladraban ferozmente y gruñían mostrando sus enormes colmillos y dispuestos a atacar a cualquier persona extraña que intentase entrar a la propiedad.

—Patricia por favor sal a ver qué se les ofrece; entretenlos un poco, ya casi terminamos aquí.

Eran dos hombres en uniforme verde. El aguacero había arreciado y yo no había puesto atención en llevar un paraguas, ¡vaya que me estaba empapando! Abrí la mirilla enrejada que estaba a la altura de mi cara. La linterna de uno de los oficiales me cegó. Interpuse mi mano para sombrear mi cara y entonces él dijo:

—Buenas noches señorita, buscamos a un individuo de unos cuarenta años, corpulento y de mal aspecto. Es peligroso, nos han avisado que se le vio rondando por estas calles, tal vez vino al consultorio del médico.

Embrutecida por todo lo que estaba viviendo aquel día, no sabía qué responder a los oficiales. Por suerte uno de los perros, con sus sonoros ladridos y amenazas de ataque, me daba algunos segundos para pensar.

—¡*Killer*, cállate!, ¡quieto!, no me dejas escuchar a los oficiales...

—Señorita, ¿está el doctor? —dijo con voz firme— tal vez él sepa algo, sabemos que viene mucha gente a su consultorio.

Continué sin articular palabra hasta que un tremendo relámpago y su subsecuente trueno me hicieron reaccionar.

—Oficial, yo... yo no soy de aquí, llegué hace un rato para visitar a mi tío,... el médico es mi tío... él...él está allá adentro... ocupado... yo...

—Por favor, señorita, llame al doctor.

Mi tío ya se acercaba con su paraguas y todavía secándose las manos con un lienzo oscuro. Saludó cordialmente y dijo a los uniformados que no sabía nada de ese individuo. Me aparté del grupo aunque me quedé cerca, muy pendiente de lo que hablaban.

Con su peculiar y notorio acento extranjero, comenzó a parlotear simpáticamente con ellos sobre la recia tormenta que ya inundaba su patio, sobre sus fieles perros *dobberman* y sobre la cantidad de trabajo que había tenido aquel día. Invitó a los oficiales a pasar y tomar una taza de té a lo que ellos se negaron ya que debían continuar sus rondas por el barrio.

Regresé a la salita empapada de miedo, de lluvia y de lágrimas. Amalia me cubrió afectuosamente con una cobija y nos ofreció té caliente de anís.

—Es bueno para el mal estómago, tómalo Patricita, te hace falta, estás bastante pálida. Doctor, ¿gusta usted?... Mi niña, ven acá, no te preocupes tanto por lo que hoy viviste aquí; eres de la familia y lo irás comprendiendo poco a poco. Verás, son necesarias estas acciones en tiempos de guerra, pero también para la ciencia. El doctor Loupp es un científico con mucha experiencia.

Mi visita al tío apenas iba a comenzar.

En la *pesera*

Sábado, tres y media de la tarde. Íbamos los doce pasajeros arrullándonos con el ruidoso por viejo ronroneo del motor de la *pesera*. Faltaba un rato para bajarnos en nuestro destino. Hasta eso, considerando que la mayoría de los choferes del transporte público son unos verdaderos cafres, y de que se saben los reyes del pavimento en esta *megaciudad*, nuestro joven conductor maniobraba bastante bien.

A mi costado izquierdo viajaba una mujer de unos veintitantos años con una bebita de meses inquietísima (qué paciencia deben tener siempre las mamás); a su lado, un chavo de once o doce, apretaba con su mano derecha un refresco, y en la otra una grasosa quesadilla de apestosos sesos envuelta en papel estraza y una bolsa de papas fritas. Se notó muy pronto que la bebé era su hermanita, ya que ella incansablemente trataba de quitarle el refresco; inútiles sus esfuerzos, la mamá le tenía hábilmente controlados sus bracitos. Pero ante la insistencia y alaridos de la niña, la madre, al fin, remedió el asunto: se levantó discretamente un lado de su playera, la que daba a la ventana, y enchufó a la nena a su pezón.

Junto a ellos, al extremo del mismo asiento, iba una jovencita muy bien maquillada que tenía una sedosa y pesada cabellera negra; seguramente era empleada de uniforme en algún salón de belleza o boutique porque los pants y sudadera que llevaba no concordaban con el maquillaje. En fin, fingía ella no hacer caso a los gritos de la niña pero en unos pocos minutos optó mejor por resbalar sus audífonos bajo la ropa hasta llevarlos a sus oídos; los conectó a su celular, al que marcó algunas teclas, sonrió y cerró plácidamente los ojos.

Frente a mí, un hombre abrazaba una gastada y sucia mochila roja, se veía que recién salió de alguna obra en construcción pues sus manos estaban muy sucias con restos de mezcla y pintura. Tenía la mirada fija al horizonte por encima de la cabeza de mi esposo.

Una anciana, ya de edad avanzada, iba muy bien sentadita con los ojos cerrados en el extremo posterior de la banca frente a nosotros dibujaba una leve sonrisa en sus labios y tal vez iba rezando el rosario pues se le percibía mover los labios al tiempo que sus manos se movían levemente como frotando algún objeto debajo de su gastado y viejo delantal.

Al centro del asiento posterior iba otro hombre, sesentón, muy gordo, con grotescos tatuajes en ambos brazos, y portando en su enorme cabeza un ridículo sombrerito del que salían sus cabellos teñidos en pelirrojo y, para rematar el atuendo, con un arete de enorme "vidriante" azuloso en la oreja izquierda. Estaba, literalmente, atragantándose una rebanadota de pastel de chocolate cubierto con una enorme y asquerosa capa de merengue color rosa. El tipo plácidamente, desparramaba su grasa corporal sobre las dos personas a sus lados: uno era un joven semirapado que vendía pomadas: *"para el labio seeeco, para el labio partiiido, para el labio roto o el labio malolienteee... cinco pesos, cinco pesitos"*. Y al otro lado del gordo, una señora, también obesa, que llevaba una bolsa de plástico llena de mandarinas; octubre, mes de estas frutas.

De pronto, y como suele suceder en este tipo de trasporte público, el chofer dio con gran habilidad, un fuerte y prolongado rechinido, frenón y el muy brusco giro a la izquierda para esquivar chocar con otra *pesera*.

En el afán de no caer sobre la bebita, estiré mi brazo sobre su mamá que la amamantaba; la nena se asustó, soltó el pezón y comenzó de nuevo con sus alaridos. Para colmo, mi mano presionó el seno de la mujer y un buen chisguete de leche me salpicó a la cara y a mi blusa. A la señora de las mandarinas se le rompió la bolsa y fueron todas a rodar por el piso de la pesera, lo bueno es que alcanzó a meter su pierna para evitar la caída. Como el señor gordo estaba muy distraído saboreando lo suyo, no se esperaba el frenón y entonces salió volando y cayó al piso de panzazo aplastando varias mandarinas y con su cara la mitad que le quedaba de su pastelillo. Grotesco. El chavo de la sesadilla fue el más afortunado porque sólo encogió sus piernas sobre el asiento para luego taparse la boca y aguantar las carcajadas por lo ocurrido. El de las pomadas fue a dar a las piernas de la jovencita que, muy ofendida, comenzó a vociferar maldiciones. A la abuelita del rosario mi esposo la cachó de rodillas, muy disimuladamente le bajó y reacomodó su larga falda gris y luego el manchado delantal; muy cómico este asunto pues quedó ella en posición de enamorada y en un segundo, y muy sonriente la pícara, ya le estaba plantando un beso a mi marido, ¡casi en la boca! al tiempo que le decía: "¡gracias, gracias buen señor, gracias al cielo que me salvó de morir aplastada!"

El chofer simplemente gritó por la ventana las usuales palabras –hijo de tu puta madre–, nos miró por el retrovisor y entre risa e ironía sólo nos dijo: "agárrense bien del tubo, que para eso se los puse". Retomó la ruta como si nada hubiese sucedido; todos los pasajeros, muertos de la risa, regresamos a nuestros respectivos y mugrientos lugares ayudándonos mutuamente.

Fronteras

El día de ayer, mi primo y yo acordamos que teníamos que medir, a más tardar hoy, las dos partes del reino; fue el encargo que nos dejó el padrino, y no le podíamos fallar. Nada fácil el asunto, pues ambos lados de la vía son excelentes para el negocio; así que para ahorrar tiempo en análisis y discusiones, decidimos echar la moneda al aire y que la suerte definiera cuál territorio tocaba a cada uno para comenzar el trabajo.

—Mira rey, la zona está llena de gente de lana, conocemos a muchos, hay de sobra para los dos.

En lo que él buscaba una moneda en su bolsillo, mi pensamiento y mi vista se quedaron fijos en la extraña estatua en forma de caracol que había en la rotonda. De pronto, en un instante, y salida de no sé dónde, una mujer de edad avanzada derrapó en su bicicleta cuando intentaba dar vuelta, dio un trompo en el pavimento mojado, chocó contra la guarnición de la banqueta y salió disparada hacia una ventana abierta del pequeño café en la esquina de la cuadra. Fue una caída bastante cómica, por cierto, y en lugar de oír gritos, se escucharon sus sonoras carcajadas cuando se dio cuenta de que una pierna le quedó descubierta casi hasta la rabadilla y sobre un helado que compartían dos chicas de alta sociedad. Con la discreta ayuda de dos meseros la anciana se incorporó, miró al horizonte, luego al cielo y, con toda su energía, gritó:

—¡Oh, deidad! Si ya sabes que la joroba siempre me hace perder el equilibrio, ¿por qué demonios no haces algo para que termine la huelga de taxistas?

Guardé en la bolsa de mi abrigo el cable azul que nos serviría para la medición de la zona central y dije a mi primo que en unos minutos regresaba; crucé la calle para participar en el asunto de la abuela.

Cuando me vio llegar una de las dos jóvenes, rápidamente tomó su bolso de piel de cebra y, como ventisca, huyó del café. Qué extraño. ¿Me reconocería? La otra chica estaba estupefacta, salpicada de helado y crema batida y, en su candor, sólo se relamía y sollozaba.

Gotitas

Espero no pinten el agua... Sólo diez gotitas en cada jarra y ya. Ni cuenta se van a dar. Agua fresca de jamaica y de mí.

–Hola, querida Susy, hace tanto que no te veía, luces muy bien. Tu *depa* está más que divino, se ve que a tu marido le va bien y que te consiente.

–Querida Paty, me da mucho gusto que hayas aceptado mi invitación, será una tarde maravillosa. Por favor, adelante... ¡mira quién llegó!, Tessy, muá, muá, muá, amiga linda. Ven aquí. ¿Ya se conocen? Susy, Patita, Macris, Chelito y Malena. Adelante queridas todas.

Ni qué decir de las señoras, se les ve contentas. Ya llevan seis horas hablando todas al mismo tiempo, no se entiende nada. Y no han dejado de fumar y tragar café, té y galletitas. He contado las veces que salgo de la cocina y entro a su nube de humo, van trescientas cuarenta y cinco; bueno, al menos no me aburro contándolas. Ninguna se ha dado cuenta que dejé prendida la plancha y el horno, en unos minutos sentirán la canícula. Este insoportable departamento que recibe todo el sol de la tarde, y precisamente en la cocina y en el área de servicio, exactamente donde vivo yo. En estos diez años que llevo trabajando para la señora Susy, nunca se ha fijado en esta molestia mía, ¡carajo!

"Tebé, doña María Elodia, tebé renal, no hay duda, tenga mucho cuidado con los demás, es contagiosa y la tiene muy avanzada; avísele a sus familiares para que no los agarre desprevenidos; y que ya no tomen leche bronca. Venga mañana por medicamento"… esto es todo lo que me dijo el doctorcito del pueblo, siempre tan ocupado con su sala de espera llena a reventar… "Tebé su agüela, yo no tengo nada, pinche doctorcito", así le dije y nomás me salí… Pero en realidad sí siento que la cosa esa me está carcomiendo por dentro,… La maldita tebé. No me para la sangre y ya sé que no es mi regla. Pero hoy que cumplo diez años con mi patrona Susy, voy a darles a estas lindas señoras tantito de mi tebé.

—¡Lodi, Lodi, hace muchísimo calor aquí, nos estamos cocinando, ven pronto tráenos, por favor algo fresco!

—Voy siñora, voy. *Sabe que odio que me llame "Lodi", le dije clarito que mi nombre es María Elodia de la Candelaria y del Niño Jesús López…*

—Aquí les preparé una rica agua de jamaica, hay otras dos jarras en la cocina… *"cada una con diez gotitas mías".*

—Mmmm… Deliciosa, gracias. Esta Lodi tan ocurrente… Macris, fíjate que don Tecetón nos llamó para un desayuno este sábado, necesito que me aconsejen qué ponerme; quiero impresionarlo, qué tal si me pide coordinar los donativos de los artistas, me muero de ganas de verlos de tú a tú...

Así las cosas, las amigas pasaron una velada fantástica, entre plática y plática, entre nada y nada, humo de tabaco, café, galletitas y fresca agua de jamaica.

Lodi ya no regresó el siguiente lunes; Susy ni se inmutó al respecto.

—Las chachas — le dijo a su marido —¡a cada rato con su san lunes!

Tres días después llamaron a Susy del pueblo de María Elodia. Dejaron recado en la grabadora:

—Señora Susy, se murió María Elodia, todavía no sabemos por qué... Sólo tenía una cortadita en la mano izquierda.

A las dos semanas Paty llamó a su amiga Susy para comunicarle que se iba al hospital porque presentaba un muy extraño sangrado en la orina, sin dolor ni fiebre. Dos amigas más tuvieron los mismos síntomas unos cuantos días después. A la quinta coincidencia Susy se apanicó. Fue al doctor y le contó lo que le había pasado a sus amigas; el médico la escuchó con atención y le mandó hacer análisis de todo, los resultados arrojaron lo siguiente:

—Lamento decirte Susy, tienes TB. Todos en tu familia se tendrán que hacer análisis.

—¿TB qué?

–Tuberculosis. ¿Sabes si alguien en tu casa ha estado comprando leche sin pasteurizar? ¿Comen con frecuencia en fondas o puestos callejeros?

–¡Nada de eso!- dijo aterrada.

Cinco de las amigas de Susy fallecieron en los siguientes dos meses; otras dos lograron vencer al bacilo de Koch; tres más siguen en tratamiento, incluyéndola a ella. Las diez amigas se contagiaron de la TB que Lodi les compartió con sus gotitas. Excepto ningún familiar de Susy. ¿Coincidencias?

Mi primo Roberto

Las cuatro y media de la gélida mañana. Silencio absoluto. El barrio en el que vivo es tranquilo y seguro. Todo en paz. De nuevo con este insomnio. ¡Demonios!

Tomé mi labor de bordado para relajarme y esperar a que llegara el sueño. De pronto, sonó el timbre. ¡Vaya sobresalto! ¿Quién podría ser a estas horas, que además lo dejó entrar la vigilancia de la cuadra?

Me asomé por una rendija de la persiana. Con la luz amarillenta de una enorme luminaria de la calle, distinguí a mi primo Roberto. Bajé inmediatamente; traía yo puesto un camisón largo, ni tiempo de ponerme la bata. Abrí la puerta principal; una ráfaga de aire helado entró con Roberto y cerré inmediatamente. Entre sombras percibí que traía puesta una enorme chamarra, de esas que hacen parecer osos a las personas.

—Roberto, ¿qué pasa? ¿Qué haces aquí a estas horas?

No contestó, se abalanzó sobre mí e intentó besarme furiosamente.

—¡Ámame!

Aturdida con su asqueroso aliento, se desató toda la adrenalina en mi cuerpo y entré en pánico. Lo rechacé, empujándolo hacia el muro del vestíbulo y corrí a toda velocidad hacia la escalera para subir apresurada a la planta alta. Me encerré con llave en mi recámara. Puse debajo de la manija una silla inclinada para atrancar todavía más la puerta.

Vociferando maldiciones, me siguió. Unos segundos después comenzó a golpear la puerta de la recámara.

—¡Ábreme! ¡Ábreme! ¡Ábreme!

No sabía yo qué hacer. ¡El jamás había hecho algo semejante! Le grité mil veces que se fuera.

Roberto, solterón de cuarenta y tantos años, medía uno noventa y cinco metros de altura y pesaba ciento diez kilogramos de puro músculo; en verdad daba miedo a cualquiera. Además, le gustaba el relajo por lo que, en esta ocasión, si estaba fuera de control por acción de drogas o alcohol, no había esperanza de que razonara. La desesperación y el volumen de su voz iban en aumento:

—¡Abre! ¡Ábreme! ¡Ábreme!

Golpes y más golpes entremezclados con sus gemidos de borrachera, ¡era espantoso! Y tal era su fuerza que pensé que lograría derribar la puerta. Tapé mis oídos, a sabiendas de que nadie iba a escuchar lo que sucedía porque mis vecinos son un terreno baldío, una casa recién desocupada, en la parte posterior dos profundos jardines, y enfrente una zona federal que da a una barranca.

–¡Vete! ¡No voy a salir! ¡Vete ahora mismo o le llamo a la policía!

No tengo teléfono en mi recámara, ya que procuro no interrumpir las horas de sueño; pero aunque lo tuviese, por supuesto no iba a llamar a las autoridades y exponer al primo a semejante vergüenza. Consideraba que al estar fuera de sus cabales, todo quedaría olvidado al día siguiente; y es que Roberto era mi más querido primo hermano, con quien había compartido mucho desde la infancia.

Roberto continuó incansablemente pegando en la puerta. Al fin, después de una larguísima hora, cesó de golpear. Comenzaba ya a clarear el día. A las siete llegaría Lupita, la sirvienta, pero todavía faltaba mucho para eso. Necesitaba yo hacer algo para librarme de la situación, y también que ese algo lo salvara de este incidente tan penoso.

Pasó una hora más en un aterrador silencio. Ya no se oía ningún ruido; ingenuamente pensé que se había ido a dormir a otra de las recámaras. De nuevo me asomé por la rendija de la persiana, su coche seguía estacionado en la acera. Me preguntaba qué estaría haciendo y por qué ya no golpeaba, pero no me atreví a abrir.

A las siete, ya pasaditas, al fin llegó Lupita; como siempre, haciendo bastante ruido con las llaves. Yo sabía que lo primero que hacía ella es desayunar, por lo que no iba a subir a la planta alta de la casa en un buen rato.

Pasó media hora más. A las ocho de la mañana decidí abrir, lo hice poco a poco. Grité con todas mis fuerzas, desvaneciéndome sobre mis rodillas.

Lupita subió inmediatamente y más fuertes fueron sus gritos de horror. Macabro lo que vimos: ahí estaba Roberto, tendido sobre un charco de sangre.

No tuve más remedio que llamar a la policía, quien muy pronto hilvanó los hechos: a Roberto lo asaltaron y apuñalaron saliendo de una fiesta en la que había tomado mucho. Seguramente él hizo un tremendo esfuerzo para conducir hasta mi casa.

Al pie de la puerta de mi habitación se había desmayado por los efectos del alcohol y también de la herida, desangrándose poco a poco.

−¡Mi reacción de defensa fue inconsciente, me aterrorizó, huí de él y no me di cuenta de que estaba herido! −les dije.

En la familia nadie se atreve a cuestionar el porqué Roberto fue a mi casa esa madrugada. Sé que todos murmuran lo muy obvio: él me había idealizado desde siempre en todos sentidos. A las pocas semanas me mudé; aún hoy, a partir de aquello, casi todas las noches me taladran los golpes de la puerta en el pensamiento: "si hubiese yo sabido"…

Regaderas

Casi siempre me baño con agua bien caliente y sin luz artificial, es muy agradable esto. Hay una farola a lo lejos que ilumina el interior de mi casa regalándole un delicioso ambiente que invita a la paz. El agua resbala de manera exquisita por mi piel, me cubre y me relaja mucho trasladándome a maravillosos espacios imaginarios. Distraídamente me asomo por la minúscula transparencia de una gota de agua que salpicó en el esmerilado. En ese instante veo pasar tu sombra. Me quedo sin aliento. El corazón golpea fuertemente contra mi pecho. Silencioso terror.

Corro a otra ventana. El familiar rechinido de la puerta de acceso me dice que vienes solo… qué extraño, las perritas no ladraron. No comprendo por qué te atreves, estos espacios son mi segunda piel. Desde hace más de veinte años los he forjado todos y cada uno de ellos, nadie podría conocerlos mejor; yo sé exactamente por dónde huir o refugiarme, pero tú insistes; entonces decido enfrentarte. Llevo ventaja y tú no lo sabes.

Encuentras mi ropa sobre la silla del baño y escuchas el siseo del agua; te acercas con mucho cuidado suponiendo que estoy adentro. Jadeas triunfante. Te pareció fácil… das un fuerte tirón a la cortina, pero, ya no estoy allí. Te sorprendes; la adrenalina te pone furioso; mi corazón se acelera; tu voz ruge:

—¿Dónde estás?, hija de tu chingada madre, yo sé que no hay nadie en tu pinche casa…no tienes salida, ¡te voy a encontrar!

Escuchas ruidos y redoblas alerta. No me ves, estoy a pocos pasos justo detrás de ti. Me percibo desnuda, pero esta noche el frío parece no existir, porto en mi piel el agua helada, como una extraña y placentera armadura. Estamos únicamente tú y yo, suspendidos en un instante, de cara a la eternidad. O tú o yo.

Algún objeto de vidrio cae al suelo en otro lado de la casa. Había una rata en la cocina hace unos días. ¿O será la cachorrita? Me quedo muy quieta, no me muevo y casi ni respiro. Espero.

Te diriges hacia el ruido. Pierdes tiempo en esto. Parece que no te das cuenta de que estoy en mi territorio y de que, además, ya no tengo miedo.

Suena el teléfono, ¿se corta la llamada? volteas hacia allá, pones toda tu atención, y así aprovecho para mirarte. Ahora comprendo, pero, ¿cómo sabías que hoy yo estaba sola?

Sientes mi acecho, transpiras tu adrenalina que ya invade el ambiente, apestas… muchas visuales frente a ti y no sabes que estoy tan cerca. Ahora ya puedo ver tu enorme cuchillo centelleando un apetito de sangre. Me sorprende mi seguridad y al mismo tiempo siento un soplo de compasión en mí, eres un pobre despojo humano. De nuevo vociferas:

–Tienes miedo... eso me excita más... ¡jódete! ¡Verás la que te traje aquí, y la que me llevo! No te escondas... ¡perra!

Mi reloj sobre la mesa te distrae, de paso lo metes a tu bolsillo... tomo más ventaja... ahora sí, ya vienes, sigues sin verme.... dos metros más...

¡Ya! ¡Con toda mi fuerza!, se quiebra el bat de mi hijo... tres segundos... regadera...

Sopa de fresa

El poema no es únicamente el poeta,
tiene que ver más con su lector.
Lizalde

Casi siempre comíamos en el antecomedor, un pequeño e íntimo espacio de su casa, y también de él mismo; y esto lo atesoro como una muestra de especial afecto hacia mí.

Las primeras veces que me invitó a su casa no comprendía por qué había diseñado su antecomedor tan "encerrado", casi conventual, el espacio hacía sentir que apretaban las paredes y es que la única ventana está tan alta que únicamente permite entrar a la luz del día y a un rayo de sol vespertino. Me cuestionaba el porqué, si a ese antecomedor únicamente lo separaba un muro de un hermoso jardín, pleno de naturaleza, de vida y magia, no quiso él abrirlo a la compañía de ese exterior.

La respuesta llegó por singular camino; me explico, desde mi infancia gustaba yo de jugar a los duendes y ángeles que en todo momento nos rondan en la vida, pero que no se dejan ver ni tampoco escuchar; solamente cuando ellos caprichosamente lo desean.

Recuerdo bastante bien aquellos muy bellos momentos en el que platicábamos de arquitectura en el pequeño espacio. Yo percibía en él una paciente expectativa, quizá como la de un maestro en espera de que el mensaje saliese del discípulo. De pronto, llegó el momento esperado; los dos nos sumimos en silencio, fue entonces cuando la simplicidad de aquel espacio transpiró con gran elocuencia su magia para abrirnos otra dimensión.

—¡Encontré el tesoro! —le dije feliz.
Sonrió satisfecho. Al fin, verdaderamente habité el espacio.

Habitar es apropiarse de un lugar, fundiendo en él nuestro palpitar para hacer con ello alquimia. Es decir, el espacio realmente lo *es* cuando la persona *está* en él. Este acto es instauración, comienzo, poesía,.

Así, Luis eligió a la luz y al rayo de sol vespertino como los elementos constructivos que le acompañarían todos los días de su vida, y aún después.

El rayo de sol y el viento, ¿quién dijo que eran quietos y mudos? ¡Si no dejan de platicar! Son los soberanos. Interrumpen a cada momento y acaparan nuestra atención, dibujando infinitas y caprichosas formas en su blanca pantalla de aplanado rústico de mezcla. Ambos elementos, iluminan y juguetean también con un millón de briznas de polvo suspendidas sin gravedad.

Ahora ya sé cómo se perfuma la sopa de fresa, mi favorita en su casa, y por qué los colores parecen realmente brillar con ella para tornar todo el espacio en plenitud.

Esto es siempre por él, permanente en su espacio, transpirando al unísono con la luz, con el rayo de sol y el viento, con el duende, el misterio y el silencio. Todos cómplices en una mágica y misteriosa intimidad.

Sopa de fresa
... de la casa de Luis.

Ingredientes
2 tazas de fresas molidas en la licuadora con una
taza de agua.
2 cucharadas de tapioca previamente cocida en 1
taza de agua.
2 cucharadas de miel de abeja.
1 ramito de yerbabuena fresca.

Manera de Hacerse
Unas dos horas antes de comer, se revuelve todo
menos la yerbabuena, que se refrigera. Se sirve
en platos soperos. Se adorna colocando encima
una hojita entera de yerbabuena.

Fresca sopa de fresa,
con transparente tapioca y su moño de
hierbabuena,
sobre fondo blanco,
entre texturas de madera vieja y de
cucharas que suenan a ritmos de selva.
... y a lo lejos
una jacaranda que no se ve,
que acompaña y se mece
y dibuja en el muro
sus travesuras con la tinta del sol.
Espacio que nunca se acaba
que todas las tardes reaviva el aroma
de un poema hecho habitabilidad.

A los veintidós años

−¡Lucherí, apúrate!, no vamos a llegar, la cita es a las ocho. Acuérdate del tráfico a estas horas.

A través del siseo de la regadera, Lucero o Lucherí, como cariñosamente le decían sus amigos y familiares, contestó casi gritando:

−¡Voy, mami!... me estoy lavando el pelo, Javier me dijo que me alcanzaría allá...ya voy, ya voy, calma...

Lucero y Tessie, su mamá, vivían en un lujoso *penthouse* en Polanco, con una decoración exquisit a: Cuadros de Siqueiros, de Coronel, de Toledo, de Simón Pereyns; valiosas antigüedades, lindos muebles de Dupuis, tapetes persas, y como parte del inventario: Teté, la ya anciana nana de ambas, y dos sirvientas impecablemente uniformadas.

Tessie era una mujer de aproximadamente sesenta años, bien conservada, con una que otra cirugía plástica, elegante, culta, dinámica y además muy cariñosa. Lucero relumbraba con orgullo la belleza de su juventud; su andar con porte saleroso resaltaba su perfecto cuerpo: brevísima cintura, talle largo y delgado, senos pequeños, piernas firmes y amplias caderas. Jovencita de veintidós años que ha tenido acceso a los deportes y lujos de alto nivel socioeconómico: bailaba flamenco; montaba a caballo tres veces por semana; veleaba, jugaba tenis y, de vez en cuando, golf con su nuevo novio Javier. A su edad ya no estudiaba porque le dio flojera la universidad. Después de terminar la preparatoria quiso estudiar idiomas y luego se fue a un curso de alta repostería en New Haven, Nueva York. También había ido varias veces a Europa; uno de esos viajes duró seis meses porque se quedó a aprender galletería francesa. Lucero era famosa entre sus amigas y las familias de todas ellas por sus únicas, incomparables y deliciosísimas galletas europeas.

Lucero llevaba una vida muy confortable, aunque no tenía conciencia de ello; siempre se le veía relajadamente amable y feliz. Por supuesto, no tenía que hacer gran esfuerzo para conseguir lo que quería y esto la aburría de sobremanera.

Sus padres se habían divorciado hacía algunos años y, aparentemente, lo que hacían con Lucero era competir entre sí para tratar de compensar a su hija las culposas infidelidades de ambos. Desde luego, este pago era especialmente con dinero, que a los dos les sobraba. Sofía era riquísima heredera por parte de su familia de hacendados, y el padre de Lucero era el exitoso millonario casabolsero. Los hermanos mayores de Lucero ya no vivían en casa, los tres estaban con sus parejas en el extranjero y habían dejado a la "bebé" Lucherí y a su mami en su lindo departamento... "compermisito, aquí ya no estorbamos", les dijeron

Esa mañana Tessie estaba desesperada por salir. Eran ya las siete cuarenta y cinco y Lucero seguía en la regadera. Con su cigarro y su taza de café en una sola mano, finalmente Tessie soltó el grito:

—¡Lucherí, si no sales en este instante me voy y te quedas!...¿me oíste?

Tessie pegó un salto y parte de su café se derramó sobre la preciosa alfombra persa del vestíbulo, cuando Lucero le picó las costillas por detrás:

—¡Bú! ¡Mami lindísima!

La abrazó apretadamente, le plantó en la mejilla dos besotes tronados y ambas se echaron a reír.

La razón de la prisa de aquella mañana era que Lucero se había estado quejando mucho de cólicos menstruales en sus últimos ciclos; entonces Tessie había acudido con su ginecólogo de toda la vida, quien le sugirió realizar una laparoscopia para observar qué había dentro del juvenil vientre. Ese día tenían la cita en el Hospital Altimus, a las ocho de la mañana. La joven debía presentarse en ayunas, el estudio duraría unas tres o cuatro horas en total, ya con la recuperación de la anestesia que sería general. Javier las alcanzaría en el Hospital, desayunaría con su futura suegra y después se irían juntos a apapachar a la pacientita.

Lucero se veía especialmente fresca y preciosa esa mañana; a su largo y sedoso cabello negro, aún mojado, no necesitaba hacerle nada; ella había heredado la frondosa mata de pelo de su abuela materna, quien fue mitad mixteca y mitad alemana. Trenzada o suelta, su cabellera, su tez blanca y sus ojos azul profundo eran la envidia y admiración de cualquiera.

Vestida con sus jeans ajustadísimos y una playerita francesa de *Courreges*, salió con su madre esa mañana. El chofer las esperaba en la puerta principal del elegante edificio, junto a un Mercedes Benz blindado.

Llegaron al hospital unos minutos después de las ocho. Rápidamente madre e hija se presentaron en la recepción para dejar sus datos; ya las esperaban. Una enfermera las condujo a un cubículo en donde le pidió a la chica que se desvistiera totalmente y se pusiera una de esas ridículas batas desechables. El Hospital Altimus le era familiar ya que había sido siempre el de la confianza de Tessie. De hecho, el médico que le haría el estudio a Lucero, la conocía de toda la vida, él fue quien la vio nacer en ese mismo lugar. Al tiempo que se quitaba y doblaba su ropa y daba a su mamá sus joyas, dijo en su encantador tono:

–*Bye*, mami linda, mil gracias por traerme; nos vemos al ratito en la sala de recuperación; si llega Javier le dices que no se midió, cual costumbre, no llegó a tiempo a despedirse...

Tessie le dio un cariñoso beso y le dijo que se iría a la cafetería a esperarla. Pocos minutos después otra enfermera condujo a Lucero a un pequeño cuarto con una camita sobre la que se recostó; la enfermera procedió a introducirle la rutinaria intravenosa conectada al suero.

—Tienes muy buenas venas, —le dijo—. No tarda en venir tu médico para hacerte el estudio, ya te estábamos esperando. Todo va a salir muy bien.

Las enfermeras del elegante Hospital Altimus son especialmente amables y están entrenadas para hacer sentir "muy bien" a la gente de alto nivel económico que normalmente se atiende ahí.

Lucero se relajó, le regaló una linda sonrisa a la enfermera y se acomodó mejor en la camita. Después de todo, lo que le iban a hacer era un estudio muy sencillo para buscar una posible causa a sus fuertes cólicos, los cuales ella sabía que muy probablemente eran psicosomáticos.

—Bueno, pues *avanti,* —se dijo a sí misma, pensando que este asunto era otra ocasión para mantener a sus dos padres ocupados en ella, —mi mami tan preocupona. No tienen importancia mis cólicos, pero bueno, esto la tranquiliza y yo, me dejo.

Y seguramente sí pensaba todo esto muy honestamente, desde su tierno, ingenuo y sobreprot egido corazón. Cerró sus ojos apaciblemente...

Una semana después, mi esposo y yo fuimos a visitar a Tessie. Amable como siempre, ella misma nos recibió en la puerta. La abracé con profundo cariño; me separó un poco y, sin mirar, señaló en un ademán con su cabeza la recámara de Lucero.

—Ahí está su cuarto...

Tessie se fue a la sala con mi esposo y yo entré a la habitación de Lucero, linda como todo lo demás en el departamento. Alcancé a ver colgada en una pared su falda flamenca y sus castañuelas. Percibí también la puerta entreabierta del baño, y lo primero que llegó a mi vista fue una ropa interior lavada y colgada de una de las llaves de la regadera, la última que Lucero lavó. Fue muy impactante, me incliné en la pared y mis lágrimas brotaron al tiempo en que escuché a lo lejos los sollozos y lamentos de Tessie.

Lucero murió en el Hospital unos minutos después de que la enfermera había colocado el suero intravenoso. El médico inyectó cierto tipo de anestesia a la cual ella era fatalmente alérgica.

Conforme entraron las primeras gotas del líquido a su torrente sanguíneo, a Lucero se le iba la vida. Nada se pudo hacer. Nada.

¡Qué ironías de la vida! Lucero nació y falleció estando plenamente sana, en el mismo hospital, en manos del mismo médico.

Tessie se atormentó por mucho tiempo y no pudo entrar a la habitación de su hija por varios meses; prohibió a la servidumbre limpiar o tocar algo, y ni siquiera se atrevía mirar a través de la puerta entreabierta para observar cómo había dejado Lucero sus cosas aquella mañana. Quiso congelar para siempre el momento, pero un día el polvo acumulado la obligó a entrar. Tomó entonces la ropa de la regadera, la lavó con sus lágrimas y prosiguió por la vida, para siempre acompañada con el vacío de su Lucero, que se apagó a los veintidós años.

Tú

¡Me tienes hasta la coronilla! Pero ya verás lo que va a pasar, no podrás articular sonido alguno cuando suceda.

¡Te crees mucho porque eres muy bonita y graciosa! ¡No me veas así con cara de inocente! ¡No es posible que te hayas atrevido a tanto, y todos los días es lo mismo! Llevo ya demasiado tiempo soportándote, y sin opción para mí, pero ahora sí, ya te llegó el final.

Y es que tu descaro es inaudito, has violado los límites inimaginables, tomas y ensucias de todo en esta casa, y para colmo, acabo de descubrir el botín que dejaste debajo del sillón de la sala.

¡Dispones de las cosas como si fueras la reina, y a tu paso dejas todo tirado o destruido! ¡Eres verdaderamente salvaje! Y además, lo peor es que tus fechorías las haces a hurtadillas, nada más oyes a lo lejos mis pasos y desapareces de inmediato. ¡Es el colmo!

Podría contar mil fechorías que has hecho en esta casa, como aquel día que arruinaste el pastel de cumpleaños de mi hijo por querer probarlo, y me fue imposible parcharlo, quedó cacarizo de un lado a otro. O también cuando te robaste el tapete de la entrada, era una pieza única hecha a mano. ¡Y qué decir de tus viajes para asaltar la despensa! ¡Estoy harta! ¡Harta de ti! ¡Y ya basta! ¡Ya no soporto vivir aquí con tu ineludible presencia! ¡Aquí se acabó, nunca más volverás a molestarme!

A la mañana siguiente se iniciaron los trabajos de demolición de la casa; la ardilla miraba estupefacta desde su árbol consentido, frente a la cocina.

Elección

Ella vivía en un territorio de montañas escarpadas, recónditos valles, bosques impenetrables, arroyos, lagos y profundos abismos. Años atrás, su familia de varios hermanos, había ido a un día de campo en uno de los valles. Al atardecer ella decidió internarse en los bosques y perdió el camino de regreso. La buscaron por varios meses hasta que finalmente fue dada por muerta.

Por mucho tiempo vistió la misma ropa y se alimentó de frutos silvestres y ardillas asadas, por suerte ella y sus hermanos habían pasado varios años en grupos excursionistas y conocía desde cómo hacer fuego hasta fabricar ingeniosas armas y resorteras. Agua, tenía por doquier, el constante deshielo le proveía del indispensable líquido y, de una u otra manera, se las ingeniaba para encontrar resguardo del clima.

Aunque en un principio deseaba volver a su familia, con el tiempo aprendió a disfrutar el estar sola y también a aceptar con gusto su circunstancia existencial.

En algunas ocasiones sentía la presencia de otros seres humanos cerca, básicamente temerarios excursionistas a quienes ella observaba a distancia.

Algunas veces se acercó a sus campamentos para "tomar prestado" a hurtadillas prendas, medicinas o utensilios. Y así fue como, poco a poco, se fue agenciando de todo lo necesario para sobrevivir en su agreste territorio.

En el inmenso territorio había espectaculares barrancas, inclinadas superficies arenosas, mil veredas resbaladizas por los que era muy peligroso transitar. Sin embargo, ella se trasladaba de un lado a otro con gran seguridad y destreza, a pie o en su gastada bicicleta la cual un día encontró abandonada en un barranco. En las montañas también tenía ella identificadas varias grutas que eran su hogar, y a las cuales poco a poco equipó y organizó impecablemente. Poco a poco aprendió a protegerse, y también, a ser verdaderamente feliz.

Un día, al amanecer, escuchó un ruido muy fuerte de motores; reaccionó rápidamente y, en actitud de alerta, puso toda su atención para localizar de dónde procedía el sonido. Montó en su bicicleta y se dirigió hacia allá. Detrás de una de las crestas de las montañas vio cómo un enorme *jumbo jet* maniobraba con dificultad e iba cayendo.

La aeronave era de color café opaco y daba una impresión vetusta y de haber sido pintada muchas veces, capa sobre capa; sin duda era un muy usado avión *charter*. Se adivinaba que el piloto estaba haciendo malabares para no estrellarse contra una de las crestas de las montañas.

Ella sabía que el jet, tal como iba planeando, sí libraría el choque ya que, justamente, se dirigía hacia el "Lago de lodo", el cual se encontraba a unos cuantos kilómetros más adelante.

Viajó a toda velocidad en su bicicleta a través de las veredas y llegó al siniestro y poco visitado lago. Se posicionó en la orilla justo a unos cuantos metros de una plataforma de grueso concreto que años atrás había sido construida por unos mineros que buscaron oro sin encontrarlo.

Dicha plataforma ahora ya estaba casi destruida por el abandono y también semioculta a unos centímetros bajo la superficie del lago. Todo indicaba que la nave llegaría exactamente a ese punto; y en efecto, así sucedió.

El lodo amortiguó bien el aterrizaje forzoso, pero una vez en el fango, comenzó a hundirse lenta e inevitablemente. Ella observaba todo con mucha atención, serenamente, aunque sin acercarse. De pronto, de la parte superior, se abrió una escotilla y comenzaron a salir personas que se apretujaban sobre el semiesférico fuselaje; por supuesto varios resbalaban al espeso lodo dándose cuenta de que en pocos minutos la aeronave se hundiría con ellos

Comenzaron a escucharse los gritos aterradores y fue entonces cuando los pasajeros se percataron de la presencia de ella, quien ya les hacía señas de que se dirigieran al ala izquierda de la nave, que suavemente se iba posando sobre la semioculta plataforma de concreto. Desde luego, ellos no veían esta construcción, pero algunos le hicieron caso y se salvaron; los más, cegados por el pánico, resbalaron por el ala derecha y desaparecieron para siempre en el espeso fango del lago.

La nave se hundió en pocos minutos. Como era un avión *charter,* nunca se supo cuántas personas viajaban en él.

A los que sobrevivieron, heridos, maltrechos y asustados, ella les acompañó hasta muy cerca de la autopista en donde les esperaba el auxilio y ayuda; acto seguido, ella desapareció en las montañas.

Cuando terminó todo esto, su vida volvió a la normalidad, en el maravilloso hogar que ella libremente eligió, en hermosas crestas, montañas, valles y precipicios.

Entre colibríes

Era una de esas tardes en que nadie estaba en casa. Acababa de llover, el ambiente estaba fresco y limpio. Decidí disfrutar el momento y me acurruqué plácidamente en un confortable sillón colocado de manera estratégica para poder mirar a través de una muy amplia ventana. Me dispuse a contemplar el paraíso exterior de infinitos planos de verde y azul; aspiré profundamente y al exhalar solté todo asunto que no tuviese qué ver con ese exquisito instante.

Comencé por dar muchas gracias a la vida por regalarme tal plenitud frente a mí. El hermoso espectáculo de un pedazo de firmamento que se desparramaba sobre tupidas frondas de jacarandas en flor, de encendidas buganvilias, añosos fresnos, truenos y encinos. Inmenso abanico de diferentes tonos de verde meciéndose a un ritmo por demás relajante. Como fondo, las nubes, ya tornasoleadas, dibujaban sus efímeros poemas sobre el cielo azul.

De cuando en cuando el escenario se veía atravesado por aves retornando apresuradas a sus nidos, y también, cada dos o tres minutos, alguna aeronave en el horizonte, trazaba su variación al momento. Un sonido de motores a lo lejos, aunque casi imperceptible, me recordaba que este pedacito de paraíso está inmerso en el corazón de la ciudad más poblada del planeta.

Además, a esta serena y maravillosa vista, la he completado colgando por fuera de la ventana un bebedero para colibríes. ¡Qué privilegio mirar esto!, decenas, cientos de ellos, en verdad cientos, se peleaban por introducir su largo pico en los pequeños orificios del bebedero para succionar el rico jugo dulce y rojo que a diario les preparo.

Pausadamente saqué mi tejido a dos agujas, es el que puedo realizar sin ver. Ya sumergida en todo esto estaba cuando sonó el teléfono.

—¡Demonios! Olvidé desconectarlo.

Pensaba contestarlo pero en eso se interrumpió el timbre. Unos segundos después volvió a sonar, y entonces me dije que después de esa llamada, ni una más; dejaría descolgado el auricular para que la grabadora se hiciera cargo porque deseaba seguir disfrutando de mi fascinante momento. Me levanté perezosamente y contesté casi cantando:

—¿Bueno?

Un grito espeluznante casi me ensordece:

—¡¡Mamá!! ¡¡Mamá!! ¡Ven por mí! ¡Por favor ayúdame!   Me metieron en una camioneta cuatro enmascarados... ¡¡¡Mam....

Ya no la seguí escuchando, acto seguido, una áspera voz masculina tomó el teléfono y vociferó:

—¿Ya oíste? ...Hija de tu muy chingada madre, tenemos aquí a tu hijita, vestida de jeans y su sweater rosita, si no pagas la vamos a matar, Pero antes nos vamos a divertir con ella.

–¡¡¡NOOO!!! ¡¡¡Auxilio!!! –se oyó a lo lejos la misma voz de mi hija.

Y colgaron. Salté de mi sillón, la sangre se aceleró y me dejó jadeando, aterrorizada –*¡¿qué hago?! ¡¿qué hago*?!– trataba de pensar. El celular de mi esposo no hacía conexión, él estaba de fuera de la ciudad haciendo trabajos de remodelación en un rancho.

Calma, calma, respira profundo, otra vez, otra vez... piensa, piensa; pero no podía, me temblaba todo y con el derrame de adrenalina mi mente se paralizó; no sabía qué hacer o a quién llamarle. Caminaba en círculos desesperada.

Me distrajo ver cómo los colibríes continuaban la furiosa lucha por ganar su lugar en el bebedero.

Pasó una eternidad en unos cuantos segundos y casi por instinto marqué del celular al de mi hija. Contestó ella con su linda y alegre voz; se escuchaba también un gran bullicio de fondo; nada qué ver con el ruido de motores detrás de la voz de los malditos tipos.

–Hola mamá, ¿cómo estás?

–¡¡¡Hijita!!!

–¿Qué pasa mami? ¿Estás bien?

–¡¿Dónde estás, dime dónde estás?! –pregunté desesperada.

–Mamá acuérdate que teníamos una comida y después una reunión larga en la universidad para el Servicio Social. Estoy bien, ¿qué pasa?

Mi voz temblorosa la impactó cuando le dije:

—Me acaban de llamar unos tipos que te tienen secuestrada y muy claro escuché tu voz gritando por auxilio, ¿estás bien?

Ella es madura e inteligente por lo que captó mi angustia, así que, con voz serena, me dijo:

— Mamá, estoy bien. No te preocupes.

—Por favor, hija, no te muevas de donde estás, voy a hablarle a tu hermano para que vaya contigo. Es muy probable que los tipos te estén observando ahora mismo, ya que saben cómo vas vestida, por ello están aprovechando para fingir un secuestro.

—Claro que sí, mamá, tranquila, aquí espero a mi hermano e inmediatamente nos vamos a casa contigo. Tranquila, tranquila.

Marqué inmediatamente a mi hijo a su celular, por fortuna contestó casi de inmediato ya que suele apagar su teléfono cuando está en clase. Trató de calmarme y dijo que en ese momento iría con su hermana.

Apenas colgaba con él cuando sonó de nuevo el teléfono, eran los individuos:

—¿Qué no has entendido, pinche vieja? Nos estamos jodiendo a tu hijita? O pagas cien mil en una hora o te la regresamos en cachitos.

Mi respuesta instintiva para disimular que no les escuchaba fue:

—¿Bueno?, diga usted… no escucho nada, ¿bueno, bueno?...

Y colgué. Al rato los tipos volvieron a llamar, ahora con peor lenguaje soez. Para hacer tiempo, yo decía lo mismo:

–¿Buenoo?, … no le oigo nada bien, ¿buenooo? ¿quién es? ¿qué desea?

Llamaron sistemáticamente cada diez minutos; yo dejaba sonar por un rato el timbre para luego contestar con las mismas palabras; pensaba que así tendría ocupados a los tipos conmigo.

Pasaron cuarenta y cinco larguísimos minutos para que llegaran mis hijos a casa. Nos abrazamos y nos pacificamos los tres; después, ellos volvieron a sus compromisos y yo a mi reposo, esta vez con más necesidad de paz que nunca.

A la par de todo esto, los colibríes continuaban llegando al bebedero, ahora ya casi vacío, como si nada hubiese sucedido; el mundo de las emociones humanas no existe para ellos.

Historia de una blusa

Para la ocasión, Nicole, modista oficial de la familia desde hace muchos años, me pidió un metro y medio de tela –no se le olvide, para lo que quiere usted, que tenga muy buena caída y mucha clase– dijo. Cuando fui a la boutique, compré esa cantidad más un pequeño retazo que ya quedaba al final del rollo; en total fueron casi dos metros. Con lo que sobrara alcanzaría para una mascada. La textura era suave y de caída pesada, como si fuese un delgado metal, no era transparente porque la intención del diseño era otra. Color azul turquesa, va muy bien a mi tono de piel.

Llamé a Nicole y pasó a casa por el material, rectificó mis medidas y también, como de costumbre, se llevó varias prendas para reparar, a lo cual le ayudan sus hijas; dobladillos de *jeans* hechos garra, remover unas hombreras de un viejo y consentido vestido mío, pero ya pasado de moda, ojales rasgados de dos camisas de mi hijo, y otros quehaceres más.

La blusa sería muy parecida a la que le vi a la actriz Merryl Streep en alguna película: abotonada al frente; manga tres cuartos con mini olanes en la orilla; el escote suficientemente amplio para dejar asomar la piel sobre las clavículas, los tirantes del sostén –negro para esta ocasión–, adicionalmente, pero con elegante discreción, la parte superior de mis senos –aún los tengo bien, por suerte pequeños y, sin cirugías.

Hasta aquí, todo parecía ser una blusa normal. Yo sumé algo más al diseño. En la espalda, el corte vertical en el centro debería acentuar la curva de la cintura y caderas, pero no tendría costura cerrada; de tal manera que quedarían prendidos ambos lados con unos pequeños e invisibles broches de presión, a distancia intencionada, los cuales serían muy fácil de desprender por manos masculinas al momento de la ocasión. Lo mismo pasaría con las costuras laterales y las propias mangas prendidas a los hombros. La blusa, a todos y a lo lejos, daría la impresión de elegancia y discreción, muy propio esto para mi edad; sin embargo, al ir caminando, dejaría entrever pequeños asomos de la piel de mi espalda, de la cintura, la línea del sostén y tal vez uno que otro lunar de los miles que tengo, y que en vano ha intentado contar mi marido.

La emoción por estrenar la hermosa blusa se fue acrecentando. El día iba a ser precisamente en nuestro aniversario treinta y uno. El atuendo que portaría yo: una falda negra recta por debajo de la rodilla, con un gran tablón en la parte posterior, pero sin abertura que enseñara mis muslos; unos zapatos de tacón muy alto, que provocan aún más la curva de la espalda baja y levantan los glúteos; un collar y aretes de perlas, un pequeño bolso y, orgullosamente, mi argolla de casada. Cubriendo todo, una chalina negra de *cashemere* tejida a mano por mí.

El día de la prueba, Nicole acentuó sobre mi cuerpo las líneas de corte en la espalda, cintura, caderas, largo de las mangas y escote. El resultado se adivinaba increíble.

–Nicole, eres una maravilla, ¡te está quedando hermosa! Qué linda profesión tienes: dejar a tus clientes contentos.

A los tres días me entregó el trabajo; la blusa tal como la diseñé. No se la enseñé a nadie; era una sorpresa especial y exclusiva para mi esposo. Sólo tres semanas más.

La vida en mi familia prosiguió en esos días como si nada especial fuese a suceder. Únicamente un día preguntó mi hija si pensábamos hacer algo el día de nuestro aniversario, ya que el año anterior habíamos celebrado en una gran fiesta con algunos familiares y varios amigos. Me pareció amable de su parte el interés y pícaramente le dije que, como la fecha caía en un día hábil, jueves, lo probable era que cenaríamos los dos en algún restaurante de los que nos gustan. No más detalles.

Quedamos de vernos en el *Luminiére* de las Lomas de Chapultepec; nos fascina la elegancia y delicia de la cocina francesa que sirven en este restaurante. Dije a mi esposo que yo misma haría la reservación. Solicité explícitamente una mesa al fondo, junto a la ventana que da un primoroso jardín. Todo calculado: esto me daría suficiente trayecto desde la entrada para lucir mi atuendo y mi andar. Cuando llamé por teléfono, me pareció curioso que la única hora disponible fuese las nueve de la noche, precisamente del jueves. En fin, nada qué considerar al respecto –tal vez tengan algún evento– pensé.

Llegó el día tan esperado. Ninguno de mis hijos mencionó algo sobre la fecha, pero justifiqué el asunto diciéndome que era nuestro aniversario y punto final. Arreglé mi cabello y me maquillé detalladamente; la falda, tacones y blusa quedaron perfectos.

Me llevó nuestro chofer y al llegar le dije que podía retirarse, yo regresaría a casa con mi esposo. Intencionalmente, llegué quince minutos tarde. En la recepción dije que tenía una reservación a las nueve de la noche.

–Bienvenida señora, ya la esperan–, me dijo amablemente una jovencita.

–Gracias, deseo pasar antes al tocador.

Añadí un poco más de rubor a mis mejillas y brillo a los labios. Perfecto –me dije suspirando al espejo–, en verdad siento una profunda felicidad, por cierto, que ya se nota en arruguitas y canas.

Me enfilé pausadamente, caminando sobre una imaginaria rayita –así me enseñaron en el colegio– hacia la mesa donde ya me esperaba él. Me vio a lo lejos, se levantó de su silla sin percatarse de que la servilleta había caído a sus pies; nuestras sonrisas y miradas –las que nos sabemos desde siempre–

coincidieron. Él siempre tan lindo y expresivo en su cariño hacia mí.

Percibí un aliento y una sombra dirigiéndose rápidamente hacia la entrada, y otra más rumbo a la cocina. Y también me di cuenta, ¡de que el restaurante estaba vacío!

–Qué extraño– pensé, aunque no me detuve mucho en el asunto. Dejé resbalar la chalina para atraparla en mis manos y continué el paso, casi como en procesión hacia él. Todo el lugar estaba en silencio, pero sentía cien miradas sobre mí.

Cuando estaba como a tres metros de nuestra mesa, me detuve dos segundos y di media vuelta. Sonriendo, hice una señal de que en un momentito volvía. Lo que deseaba es que se percatara él si el tablón de mi falda realmente se abría o no y, sobretodo, que las astutas aberturas de la blusa sobre mi espalda y cintura le obviaran el atrevimiento.

Fueron sólo unos pasos, volví hacia la mesa; me abrazó muy amorosamente susurrando en mi oído –mi reina, me fascinas, eres la mujer más preciosa–. En el abrazo, justo lo que yo deseaba: pasó sus brazos hacia mi espalda y sus manos se deslizaron dentro de la tela para acariciar mi piel.

Nos sentamos, frente a frente; él ya tenía preparadas dos copas de *champagne*; brindamos por los treinta y un años compartidos y bendecidos. Apareció muy sonriente un mesero con una bandeja de aromáticas toallitas húmedas y calientes. Y de nuevo percibí sombras pasando rápidamente.

–¿Por qué está el restaurante vacío?¿es que tú? –le pregunté divertida–, me dijeron que sólo a esta hora podríamos reservar. ¿Sabes algo?

Me contestó con una sonrisa maliciosa.

–En fin –disimulé pasando la punta de mi lengua sobre los labios–, tal vez habrán cancelado algún evento. ¡Bueno, qué importa! ¡Nosotros celebremos!–, y de nuevo chocaron nuestras copas.

Transcurrieron deliciosos minutos de plática sobre nuestra historia personal y de pareja, de los hijos y las pruebas superadas, de los planes, de las mil bendiciones que nos ha dado la vida, cuando de pronto, con incertidumbre me quedé callada y le pregunté:

–¿Qué es ese ruido? ¿Allá y acá, sí lo escuchas? Pero, ¿cómo?

Vi de frente a dos hombres de traje oscuro y con un pasamontañas negro. Mi corazón se aceleró furiosamente como presintiendo algo. Se dijeron algo entre ellos mientras se acercaban a nuestra mesa. Al ver mi cara de terror, de inmediato mi esposo se levantó pero no le dio tiempo de voltear.

–Acompáñenos y por favor, calladamente –le dijo uno de ellos.

–¡¿Quiénes son ustedes?! ¡¿Qué quieren?! ¿Qué sucede aquí?! –gritaba yo presa del pánico.

Luché con todas mis fuerzas con uno de ellos pero fue inútil; además, en el brusco jaloneo la blusa comenzó a caerse en partes. El tipo me dio un fuerte codazo aventándome contra la mesa. En eso, la chica de la recepción se acercó e intentó calmarme colocando la chalina sobre mis hombros.

–Se trata de él, no de usted –me dijo–. Vaya a su casa, pronto tendrá noticias.

Fregaderas

Había una vez un barco chiquito... tra la lá...
había una vez un chíquito barco... tra la lá...
había una vez un barco chiquito, tan chiquito, tan
chiquito, que no podía navegar... Pasaron una,
dos tres, cuatro, cinco, seis, siete semanas...y el
barquito, y el barquito, no podía navegar... había
una vez un barco chiq...

—¡¡Macrina!! ¡¡Macrina!! ¡Mira cómo están los
puños de mi camisa! ... ya soy casi abogado y
tengo que dar imagen de poderoso ante jueces,
jefes y clientes. ¡Mañana necesito esta camisa!
¡Deja todo eso y lávala, pero ya!

Macrina, con las manos y los antebrazos llenos
de espuma, se quedó pasmada, y hasta suspendió la
respiración. Ismael simplemente se dio media
vuelta furibundo y se fue. Ella volvió a tomar su
ritmo de tallar ropa en el fregadero al son de:

Había una vez un barco chiquito... tra la lá...
había una ...

—Macrina, ya llegó el señor, apúrale con su
camisa de cuadritos azules, aquí está y ¡todavía ni
la lavas! tienen una reunión a la noche y si no la ve
en su clóset bien planchadita se va a enojar mucho,

ándale comadrita, ¡¡ya deja de cantar y ponte a trabajar!!

...tan chiquito, tan chiquito, que no podía nav...

–Macrina, ¡¿qué está haciendo este trapo manchado del mole de ayer?! ¡Qué asco! ¡En este momento lo lavas! y ya sabes que me gustan azuleando de blanco. Aprovecha el solecito porque en una hora ya hay sombra en el patio.

"Otra vez la señora y sus críos", rumió para sí la fregada criada. Y ya francamente enojada, con todas sus fuerzas tallaba y entre dientes:

... Había una vez que friego fregada, tra la lá, había una vez una fregadísima fregada... tra la lá...y la lavadora sigue descompuesta... tra la lá

–¡Macrita! ¡*linda* Macri!, ¿dónde andas? ¡Ah, claro!, en el lavadero, lave y lave. Ya llegué del "cole"; mira mira me saqué una estrella, y te traje un *chamó-Oys*...mmm pica-pica. Macrita linda te extrañé mucho. Yo te ayudo, ¿y me cuentas un cuento?

–Claro, preciosa chiquitina, si no es por mi niño y porque te espero con ilusión todos los días, ya me hubiera desaparecido de aquí.

Había una vez una niña linda (tra la lá),... había una vez una linda niña (tra la lá),...había una vez una niña linda... tan linda, tan linda, que me quería hasta abrazar

Mareas

Día uno

Llegamos a la isla a eso de las dos de la tarde, todavía en marea baja. Siempre nos lleva mi primo en su velero, y es necesario aproximarse a la costa por el lado sur, en el cual hay más profundidad del mar.

Como tantas veces, nuevas sorpresas esperaban en esta pequeña isla virgen, de entre las miles que hay en la zona y que están localizadas un poco al norte de la ciudad de Charleston, en Carolina del Sur. Nos ha dicho mi primo Mauricio, en varias ocasiones, que es posible que algunas de estas islas ni aparezcan en los mapas, ya que el mar va cambiando constantemente la morfología costera.

Llevábamos un pequeño costal para recolectar conchas, caracoles, estrellas de mar o almejas; en marea baja, se quedan al descubierto superficies de arena llenas de todo esto.

Además, como la superficie, que a estas horas queda al descubierto no es totalmente lisa y plana, se forman en ella numerosos depósitos de agua, como si fueran estanques, que se van calentando con el intenso sol de verano, y en los cuales es una delicia detenerse a retozar.

Nuestro costal de tesoros se iba llenando e imaginábamos que esa noche tendríamos un buen festín de almejas con Mauricio y su esposa. Así, seguimos caminando mar adentro y, sin darnos cuenta, nos alejamos mucho de la isla. De pronto, encontramos el más maravilloso de los estanques, y, claro, tampoco nos percatamos de que perdimos la noción del tiempo. Es cierto que de vez en cuando veíamos a lo lejos, a mi primo haciéndonos muchas señas, las cuales nosotros interpretábamos como saludos; Saúl y yo estábamos inmersos en nuestro apretado abrazo y, claro, nos cubría el agua por arriba de la cintura, para conveniencia.

Desde luego, ya habíamos sido advertidos de que la marea vespertina entra como ladrón a media noche, despacito y silenciosa, y que en cuestión de minutos, sobre todo en días de luna llena, cambia la geografía y eleva el nivel del mar, hasta seis pies. Pero nada de esto recordábamos en aquellos maravillosos momentos.

El mar comenzó a entrar muy silenciosamente; y fue hasta que se desintegró un montículo de arena en nuestro estanque cuando salimos aturdidos del trance. Miramos hacia la costa de la isla, pero ya no se veía arena descubierta para caminar hacia allá; en lugar de ello, un enorme espejo de agua en movimiento comenzaba a reflejar la luz rojiza del atardecer. Tampoco vimos ya a mi primo, quien seguramente había ido a maniobrar el velero para que no fuese arrastrado hacia las filosas camas de ostiones. Teníamos que apresurarnos y ahora nadar un buen trecho hasta la orilla.

−¡¡Vámonos!! ¡Vámonos ya!¡Mira lo rápido que está subiendo la marea!− dijo Saúl.

Con el agua por arriba de las rodillas percibíamos la furia del mar que ya nos dificultaba el andar y hacía perder el equilibrio. Unos cuantos metros adelante, sorpresivamente tropezamos y caímos en lo que hacía algunos minutos era un estanque. Saúl tragó agua de mar y se descontroló; comenzó entonces a toser violentamente y soltó el pesado costal de almejas el cual desapareció en el fondo del mar.

−¡¡Toma mi mano!! − le grité. Pero no escuchó; un furioso torrente de agua lo succionó.

Pasaron unos cuantos segundos, una eternidad para mí; luchaba yo contra la corriente mirando desesperada en todas direcciones, pero él no salió a la superficie. Me percaté de que el mar haría lo mismo conmigo y fue entonces cuando, un instinto de sobrevivencia, me hizo nadar con todas mis fuerza hacia la isla.

Ya en tierra, corrí veloz hacia la parte en donde estaría el velero y, en efecto, Mauricio maniobraba en él.

−¡A Saúl se lo llevó la marea hacia el canal! ¡Ayúdame!−le grité.

De inmediato llamó a la Guardia Costera, que en cuestión de minutos llegó con impresionantes luminarias y bocinas.

—Ya comenzamos la búsqueda, señora, en este momento nuestros dos helicópteros rastrean islas, canales y marismas.

A las doce de la noche en punto nos obligaron a regresar a puerto. Ellos seguirían buscando.

Llegamos a casa de mi primo y desfallecí en un sillón por el aturdimiento y cansancio. Me dieron un calmante sin embargo, segundos antes de que un profundo sueño me venciera, mi lengua tocó la piel de mis brazos y me percaté de la sal de mar impregnada en ella; era real todo lo vivido. Lloré inconsolablemente reviviendo todas las delicias y los horrores del día.

Día dos por la mañana

Un fuerte ardor en la espalda lo hizo despertar. También le dolía todo el cuerpo.

—¿En dónde estoy?, ¿qué es eso negro que viene hacia mí? No veo nada con mi ojo derecho. ¡¡No!! ¡Aléjate bicho, no te acerques más! Esto no me está pasando, es sólo una pesadilla. ¡Dios, no me puedo mover, me duele mucho todo! ¡Auxilio!

De repente un enorme cangrejo brincó sobre su espalda provocándole todavía más dolor en su piel, ya ampollada por el sol.

El terror de Saúl ante los hechos era más grande que su dolor, así que rodó hacia un costado. Entonces se percató de que tenía el brazo izquierdo roto y que estaba todo su cuerpo semicubierto por arena, hojas, y ramas secas.

–¿Cómo llegué aquí? ¿Cuándo es que pasó qué? ¿Dónde están los demás? –trataba de recordar.

Se incorporó y miró hacia el horizonte. Nadie, sólo un infinito de mar y de firmamento. El calor insoportable, el sol le quemaba. El islote en el que fue a dar tenía una extraña vegetación y escuchaba también el canto de muchas aves.

Día dos por la tarde

Mis sentimientos de culpa por no haber puesto más atención a todas las señales de peligro que nos dio Mauricio desde la playa, y también por el gran dolor que ya sentíamos todos por la ausencia de Saúl, se tornaban insoportables conforme pasaban las horas.

En las noticias de la televisión local se escuchaba constantemente el anuncio de que había un hombre extraviado en la zona de las islas inhabitadas, por lo que alertaban a todas las embarcaciones turistas y pesqueras. Cada media hora nos reportaba la Guardia Costera el avance de la búsqueda; aunque ya se leía en la mirada de mi primo Mauricio el peor escenario. Los turistas no conocen el peligro de esta zona y se aventuran irresponsablemente; ya habían sucedido accidente semejantes en varias ocasiones.

Día tres por la mañana

La marea había salido y entrado ya dos veces, haciéndolo tomar conciencia de que él solo debería encontrar agua dulce y alimento a la brevedad.

A lo lejos había escuchado varios motores de helicópteros, pero ninguno de ellos se acercaba lo suficiente.

Esa tarde se cumplirían ya cuarenta y ocho horas de haber desaparecido, sabía él que no lo buscarían más. Y ni un alma a su alrededor. El dolor en su brazo era terrible, aunque, con unas ramas y lianas que encontró por ahí, había logrado inmovilizarlo.

–¡No me está pasando esto! –constantemente se repetía. Pero el intenso dolor y la sed le recordaban que era realidad.

Día tres por la tarde

–Señora, lo sentimos mucho, ya pasaron cuarenta y ocho horas, nuestra búsqueda ha concluido.

No quería avisar a nadie la fatal noticia porque no aceptaba las circunstancias, pero fue la esposa de mi primo quien finalmente me centró a que era ya hora de hablar a los amigos y familiares.

Día tres, también por la tarde

–Sebastián, Sebastián ¿mira eso? Toma, ¡ve en los binoculares!

–¡¿Qué?! ¡Un hombre desnudo con su traje de baño colgado en una vara larga como si fuera bandera! ¡Llamemos a la policía!

–¿Y con qué quieres hablarles, menso? ¿Con telepatía? Además, ¿no te has dado cuenta que no traemos los chalecos salvavidas?, ¡nos arrestarían!

Los dos hermanos, de apenas diez y once años, paseaban por ahí en una pequeña lancha inflable motorizada.

–Mejor vámonos, ya se hizo tarde, ¿y qué tal si es un loco degenerado?

Y sin voltear, se alejaron de ahí. Por supuesto, no mencionaron nada en casa ya que habían salido a navegar sin permiso.

Día cuatro por la mañana

Fuimos al aeropuerto local por los padres de Saúl; nos abrazamos todos desconsoladamente.

Durante el trayecto a la funeraria permanecimos los cinco en silencio.

La ceremonia comenzó a las once en punto, el ataúd vacío. Unos cuantos curiosos y periodistas esperaban en la puerta.

Día cuatro, también por la mañana

−Vamos por el fulano de la isla− dijo Rafael.

−Ni lo sueñes, brother, fue sólo un espejismo tuyo. Olvídate de eso y trae tu red, en marea baja sacaremos muchos camarones.

Pero el hermano menor insistió.

Comienzos

Aunque no me lo crean, recuerdo muy bien aspectos del momento de mi nacimiento. Estoy en un espacio delicioso y cálido y me abraza y aprieta suavemente toda la humanidad de mi madre. Vivo las contracciones de su vientre y me dejo envolver por el abrazo de nacer.

En mi mollera, mi suave piel recuerda aún la sensación de una temperatura nueva y diferente: el aire exterior, mi nuevo ambiente natural.

—¡¡Es una niña fuerte, grande y sana!! —dijeron los médicos y enfermeras.

—Peso exacto: cuatro mil novecientos cincuenta gramos, prácticamente cinco kilos.

Creo que mi mamá no se dio cuenta de este momento ya que, según sé, era la época en que estaba de moda, y de estatus, el aplicar anestesia a la hora de parir. Quizá desde ese momento me percibí en la vida, un tanto obligada a mis propias fuerzas.

Con cuánta alegría me esperaban; entonces no había medios que revelaran a los padres el sexo de sus bebés, deseaban profundamente que fuese mujer. Así que, después de dos varones, llegué yo.

Y también, cierro mis ojos y puedo imaginar la delicia que ha de haber sido el jugoso pezón de los senos de mi madre. Esto lo confirmé en el sublime e íntimo momento de amamantar a mis dos hijos: al mi guapo primogénito por nueve meses; y a mi preciosa hija, por dieciocho meses.

Me esperaba en casa la cuna más hermosa que cualquiera pudiese imaginar. Hecha a mano por mi madre, con el mayor cariño y perfección tan característicos de ella. Y, como nací de casi cinco kilos, la ropita que me confeccionaba la lucía divinamente.

Para mis padres mi nacimiento les significó en aquellos momentos su más grande ilusión. ¡Cuánto me disfrutaron y cuidaron! Papá prometió a mi mamá que si éste, su tercer embarazo, les traía una niña, le regalaría una casa a su gusto. Entonces, cuando nací, comenzaron también los preparativos para el cambio a la nueva y hermosa residencia que, evidentemente, mi mamá ya había visto antes. Es muy probable que en el fondo de su alma ella me presintiera niña, primera mujercita en su vientre.

Varias tías, hermanas, amigas y primas de mi mamá deseaban ser elegidas como madrina mía; fue maravilloso haber llegado a este mundo tan bienvenida y celebrada. Susanita, gran amiga de la familia, fue la seleccionada; hasta la fecha me pregunto por qué la eligió a ella, siendo que no es consanguínea y era la costumbre, y sobraban mujeres para ello. Tuve también otras "madrinas postizas" quienes, como a una princesita, me dotaron de dones y cariño. Mucho aprendí de ellas y, curiosamente, ni mis cuatro madrinas ni mi nana tuvieron hijos; así que fui yo su niña, su querer; ellas para mí, y yo para ellas.

Todavía vive Susanita, tiene casi noventa años, y me sigue expresando de mil maneras su gran cariño hacia mí. Estoy segura de que si por ella fuera me sostendría en sus brazos y me arrullaría. ¡Vaya que me ha dado su amor! Me escucha y orienta, está pendiente de mí, de mi esposo y de mis hijos.

Suspiro agradecida también con la vida porque, sé que fui concebida en un lecho conyugal cálido y amoroso. Me han contado mis madrinas lo mucho que en aquellos tiempos mi papá se fascinaba con mi mamá, con su femineidad, su belleza física, sus numerosos talentos y sus valores. Y ella por su parte, mujer joven y sensual, todavía no agobiada por la vida, que ya le anunciaba una pesada carga de muchos embarazos y de un esposo exitoso y demandante.

Meses de inmensa alegría hubo en mi familia a partir de mi nacimiento. Mi abuelo paterno, próspero empresario, celebró en grande, en varias ocasiones, mi llegada al mundo. Además, según me cuentan, era yo bonita, graciosa, nada huraña, y para rematar de cabello rubio y rizado. Así las cosas, hasta que un día, cuando yo tenía ocho meses, todo se volvió negro para la familia entera. Quedé inconsciente y con los ojos en blanco. Terrible pesadilla, que afortunadamente ya no recuerdo. Me atacó una bacteria feroz que en pocas horas me puso en estado de coma; era la mortal *cólera infantil* para la cual aún no se conocía cura alguna, y por ello cobraba las vidas de muchos niños en el mundo.

Toda la familia se trasladó conmigo al Hospital Infantil; los mejores médicos me atendían de emergencia. Decían que gracias a que era yo fuerte y estaba bien amamantada es que había aguantado algo más que unas horas; aún así, los médicos anunciaban a mis papás que yo estaba desahuciada.

–¡No es posible! Algo se podrá hacer– dijo enfáticamente mi abuelo paterno; y dicho esto, se dio a la tarea de investigar si en alguna parte del mundo habría alguna cura. Se comunicó de inmediato telefónicamente con sus socios norteamericanos, quienes le confirmaron que se sabía de un tratamiento experimental, por cierto muy costoso, pero que ya había dado buenos resultados en casos semejantes. En unos minutos mi abuelo ya había enviado un avión a California por el medicamento especial, el cual, en menos de veinticuatro horas, había comenzado exitosamente mi curación.

Mi mamá quedó devastada por el trauma y por los cuidados que hubo que darme. Interrumpió mi lactancia y, como estaba de nuevo embarazada, tuvo que buscar ayuda para mí. Fue entonces que llegó a nuestra casa mi nana Elvira.

Unas cuantas semanas después, mi mamá perdió casi a término a la hermanita que me siguió y con ello entró ella en una fuerte depresión que seguramente mi papá no supo manejar como esposo. Aún así, tuve el privilegio de haber ocupado la cuna más tiempo que cualquiera de mis hermanos. Y pronto me gané la fascinación de mi papá.

Así, en estas circunstancias y, como sucede con la humedad, poco a poco mis madrinas y nana ocuparon lugar preferencial en mi corazón. Elvira estuvo en nuestra casa hasta mis siete años de edad, tiempo en que mi mamá, celosa de ella, la despidió; sin embargo, mi nana consiguió que la vecina le diese trabajo y así, según me contaría después, ella podía mirarme a ratos asomándose discretamente desde su azotea.

Las mil bendiciones continuaron para mí en muchos sentidos. En el año que nací, nacieron otras cuatro primas hermanas por parte de mi mamá. Y a los dos años nos llegaron a la familia cinco primas más. ¡Imaginen la fiesta que esto fue para la familia! Nos frecuentábamos mucho, tres o cuatro veces por semana, ya que nuestras casas estaban muy cerca del punto de reunión: la casa de nuestra Mamágrande.

Tuve una única y hermosa muñeca con la que crecí; mi mamá nos vestía siempre igual. Yo, con la ilusión de verla confeccionar tan hábilmente preciosidades manuales, muy pronto aprendí de ella a coser vestiditos y a tejer prendas; así, desde muy temprana edad, asumí con gusto el fascinante mundo femenino. Recuerdo también con gran cariño que le tejí un suéter a mi papá cuando tenía yo apenas seis años.

En este cuadro afectivo familiar comenzó mi vida; nada era preocupante, todo transcurría en la dicha y la libertad más maravillosa. Pero un día, antes de amanecer, hubo un terremoto muy fuerte en la ciudad; muchos edificios y casas se cayeron, entre ellas la nuestra. Todo fue caos, angustia y gritos aquella madrugada. Aún no comprendo cómo es que unos minutos antes del temblor me desperté y, abrazando a mi muñeca, salí al jardín de atrás para mirar las estrellas. Cuando comenzó el sismo, el ruido y los gritos eran espeluznantes; lo único que se me ocurrió fue correr y treparme a la enorme higuera que teníamos; a horcajadas sobre una rama, cerré los ojos y me tapé los oídos.

No supe cuánto duró el terremoto. Cuando terminó, desde la higuera se podía ver parte de la calle. Mi casa estaba totalmente derrumbada. Era una escena espantosa; polvo y humo formaban una maloliente nube espesa y casi no se veía nada, sólo algunas chispas que salían de unos alambres en el piso. Tapé ojos y boca con mi camisón, y presa del pánico, me apreté más a la rama del árbol, gritando:

– ¡¡¡Mamá!!! ¡¡¡Papá!!! ¿¡Dónde están!?

Fuego, horribles aullidos de la gente, truenos, es lo más horrible que he vivido. Indudablemente, el instinto me detuvo trepada en la higuera, y ahí pasé mucho tiempo, tal vez horas, hasta que salió el sol. Con horror me di cuenta de que la casa vecina se había caído también, aunque no toda. Y fue entonces cuando escuché a mi nana gritar:

—¡¡Sofiíta!! ¡¡Sofiíta!!, mi niña, ¿dónde estás?

El fuerte enrejado en todas las ventanas impidió al resto de mi familia salir de la casa para salvarse.

A partir de aquel día, mi nana, mi muñeca y yo nos fuimos a vivir a la casa de los abuelos. Quedé sin hablar por muchos meses, despertándome sobresaltada en las noches, casi siempre anhelando correr al jardín.

Tercer comienzo; mi vida ahora sin hermanitos y sin papás, en una casa muy grande que no se cae. Ninguna otra muñeca.